슬픔의 바닥

스물넷의 나이에
피안의 별이 된 아들 김한글에게
이 시집을 바친다.

김경윤

1957년 전남 해남에서 태어나 전남대학교 국어국문학과를 졸업 했다. 1989년 무크지
『민족현실과 문학운동』을 통해 작품 활동을 시작했으며, 시집으로 『아름다운 사람의 마
을에서 살고 싶다』, 『신발의 행자』, 『바람의 사원』 등이 있고, 시해설서 『선생님과 함께 읽
는 김남주』가 있다.

e-mail｜kky5787@hanmail.net

슬픔의 바닥

초판1쇄 펴낸 날 ｜ 2019년 8월 24일
초판2쇄 펴낸 날 ｜ 2020년 1월 28일

지은이 ｜ 김경윤
펴낸이 ｜ 송광룡
펴낸곳 ｜ 문학들
등록 ｜ 2005년 8월 24일 제2005 1–2호
주소 ｜ 61489 광주광역시 동구 천변우로 487(학동) 2층
전화 ｜ 062-651-6968
팩스 ｜ 062-651-9690
전자우편 ｜ munhakdle@hanmail.net
블로그 ｜ blog.naver.com/munhakdlesimmian

ⓒ 김경윤 2019
ISBN 979-11-86530-72-6 03810

슬픔의 바닥

김경윤 시집

문학들

시인의 말

삼십삼 년
분필밥을 먹고 살았다
그 세월 동안 흰 머리칼 몇 올 늘었지만
분필밥 덕분에 춥고 힘겨운 날 잘 견디며 살았다

삼십 년
시詩밥을 먹고 살았다
그 세월 동안 눈가에 잔주름은 더 늘었지만
시 덕분에 슬프고 외로운 날들 잘 견디며 살았다

밥과 시! 참 무겁고 무섭고 아름다운 말이다

그동안 함께 밥 먹어 준 아이들과 시를 생각하면
고맙고 고마운 일이다

2019년 여름, 땅끝에서
김경윤

차례

제2부

제3부

제4부

제5부

제1부

슬픔의 바닥

슬픔의 바닥을 보지 않고는
슬픔에 대해 함부로 말하지 마라
세상에는 어떤 말로도
위로 받지 못할 슬픔이 있다는 것을
슬픔의 바닥에 주저앉아 울어 본 자만이 안다
눈물이 말라 돌이 될 때까지 울어 본 자만이 안다
언제 끝날지도 모르고 어디가 끝인지도 모르는
슬픔의 가파른 언덕길을 걷는 동안
기도는 하늘에 있지 않고
내 안에서 터져 나오는 울음이라는 걸 알았다
침묵의 돌을 등에 지고 걷는 생사의 순례길에서
슬픔의 바닥을 치고 일어나
나는 오늘도 오체투지로 생의 길을 걷는다
차마고도를 기어가던 수행자처럼

소나무 아래 너를 묻고

빈산에 마른 나뭇잎들 소소히 우는 가을날
미황사 부도밭 소나무 아래
한 줌 재가 된 너를 묻고 돌아왔다
수의도 국화꽃 한 송이도 없이
관세음보살 목탁 소리가 구슬픈 오후
저만치 단풍나무도 붉은 잎을 떨구었다
이십삼 년 구 개월 황금 같은 시간들이
한순간에 바늘 뭉치가 되어 가슴에 박혔다
차마 말이 되지 못한 슬픔은 송곳처럼
명치끝에 아! 탄식으로 터지고
나는 너를 소나무 아래 묻고 돌아왔다
동백나무 잎사귀에 글썽이는 햇살
검은 면사포 같은 소나무 그림자만
빈 등에 지고 돌아온 그 밤
무명無明의 빈방에 홀로 앉아
육신은 마음의 그림자일 뿐이라는
선사禪師의 말을 믿기로 했다
사는 동안 너의 마음과 너의 눈으로

쑥부쟁이 연보라 입술을 생각하고
저무는 노을을 보리라 맹세했다

불을 삼킨 나무처럼 나는 울었다

그해 봄
생生은 벼랑처럼 위태로웠다

유마의 방*을 찾아가는 가파른 길
벼랑 끝에 핀 연꽃처럼 고적한 절
대성산 정취암에 들었다

암자의 모퉁이에는
번개 삼킨 소나무가
등신불처럼 검게 탄 몸뚱이로
수백수천의 푸른 사리를 쏟아 내고 있었다

알알이 맺힌 저 솔방울들은
나무의 눈물일까 유언일까

우리의 한 생도 어쩌면
진달래꽃 피었다 지는 일이거나
저 안개 속의 몽유 같은 것을

그대 차마 잊지 못하고
세상에서 가장 울기 좋은 곳

정취암 세심대에 올라
벽공碧空에 돌을 던지듯
소리도 없이 흔적도 없이
불을 삼킨 나무처럼 나는 울었다

* 정취암 암주 수완 스님의 시집 제목.

가을 하늘을 건너는 기러기같이

과수나무가 제 자식인 과일들을 떠나보내듯
내 피와 살이었던 그대를 떠나보낸
이 가을에 나는
허무의 포승줄에 묶인 슬픔의 수인이라네

들길에 핀 쑥부쟁이들이 미소를 짓고
숲속에서 조잘대는 동박새들이 사랑을 노래해도
가을 하늘을 건너는 저 기러기같이
아무래도 나는 슬픔의 강을 건널 수가 없네

과수나무는 피를 토하듯 붉은 잎을 떨구고
그저 아무렇지 않은 척 또 밤을 뒤척이지만
이 가을에 나는
우울의 오랏줄에 묶인 자책의 포로라네

찬 서리 갈대숲에서 제 이름을 부르는 기러기처럼
하루에도 천만 번 그대의 이름을 부르지 않고서는
아무래도 나는 이 슬픔의 강을 건널 수가 없네

가을 하늘을 건너는 저 기러기같이는

평양랭면 먹으러 가자

아들아, 평양랭면 먹으러 가자
가끔 서울에 올라가는 나를 데리고
종로3가 좁은 골목길 냉면집에 가서 먹던
닝닝한 평양냉면 말고

어느 해 가을 북경 여행길에서
혹시 불심검문이라도 받지 않을까
눈치를 살피며 호기심 가득 안고 먹던
북한식당 평양랭면 말고

통일열차 타고 옥류관에 가서
슴슴하고 고소한 평양랭면 먹어 보자

냉면과 랭면 사이
ㄴ과 ㄹ 사이 그 지척의 거리
가로막은 턱 하나만 넘으면 금방인 것을
차마 오가지도 못하고 살아온 통한의 세월
냉면 사리처럼 길고 긴 그 그리움

너는 말고 나는 비비고
새콤한 다대기 알싸한 겨자도 듬뿍 넣고
면과 양념이 하나 되듯
남과 북이 하나 되는 날

우리 넋이라도 하나 되어
평양랭면 먹으러 가자, 아들아

그리운 애월

삶의 벼랑 끝에 마음의 겹담을 치고
구멍 숭숭 거멍돌처럼 당신이 사는 곳
애월涯月에 가면 돌담 너머 밀물썰물
울먹이는 달의 숨소리
돌담길 구멍마다 채곡채곡 챙겨 두고
올레길은 달빛으로 흥건했다

무심한 바람처럼 떠도는 사내를 만나
생의 오름마다 숨이 차고 목이 마른
당신의 텃밭에는 엉겅퀴꽃만 지천이고
호랑나비 한 마리 얼씬도 않는 저녁

새별오름에 샛별이 떠오르면
기억의 숲으로 날아드는 새들의 겨드랑이에선
좁쌀 같은 별들이 추억처럼 쏟아지고
가슴에 무덤을 품고
가슴에 애월哀月을 품은
당신은 동백꽃처럼 울었다

바람 찬 애월의 언덕 위에는
보이지 않는 부처처럼 맑은 것*이
짠하게 우리를 내려다보고

* 몽골 시인 우리앙카이의 시 중에서.

침묵의 탑

날마다 아들이 묻힌 소나무 아래 찾아가
한종일 한글아 내 한글아
그리운 이름 부르다 지친 아내는
저물 무렵 빈 등에 돌을 메고 돌아왔다

아내가 방 안에 부려 놓은 돌들은
날이 갈수록 쌓이고 쌓여
이제는 침묵의 탑이 되었다

바늘 뭉치 같은 시간들이 흐르는 밤마다
나는 그 탑 아래서 묵언 정진 중이다
나무 관세음보살…

달프*의 위로

청솔 같은 아들을 여의고
우리 내외는 말을 잃었다

아들의 영가를 모신 절을 찾을 때면
달프가 먼저 우리를 반긴다

얼룩무늬 달프는 늑대를 닮은 개
묵언의 뜰에서 꼬리를 흔들며 뛰어나와
덥석덥석 반가운 발을 내민다

어떤 말로도 위로 받지 못할 슬픔의 냄새를
달프는 선사禪師처럼 알고 있는 걸까

킁킁거리며 절마당을 함께 걸어 주는
달프의 발소리 거친 숨소리가
어떤 경전經典보다 위로가 되는 날이 있다

* 달마산 미황사에서 기르는 개의 이름.

바람의 속삭임

누구의 숨결일까
바람은 속살거려 산이 온통 붉어지네

어느새 숲은 소슬히 적막에 들고
나는 풀어옴* 쓸쓸한 숲속에 앉아
오롯이 바람의 애수곡에 마음이 젖네

가을은 기도의 계절
슬픔도 눈물도 불꽃같던 마음도 다 내려놓고
해탈한 저 나무들 곁으로 가서
바람의 독송이나 들었으면…

인간은 우주의 나그네
그대 떠난 먼 하늘길에
금강초롱 몇 송이 심어 두었더니
오늘밤엔 초롱초롱
하늘에 그리운 속삭임이 가득하네

* 풀이 바람에 흔들리면서 서로 부딪혀 나는 소리.

꽃의 화법

꽃들은 향기로 말한다
제 상처를 보듬고
고독의 방으로 들어가는 시인처럼
불립문자의 수행승처럼

아직 발설되지 않은 그 말속에는
봄밤에 듣던 새들의 속삭임
여름날 태양의 뜨거운 입김
가을밤 산사의 서늘한 별빛들이
고스란히 스며 있다

고독이 깊을수록 향기는 멀리 가는 법!

색을 탐하는 벌나비는
꽃의 향기를 읽지 못한다

배롱나무 그늘 아래서

전남대 박물관 뒤뜰에 가면
요절한 아우의 눈빛을 닮은
붉은 배롱나무 한 그루 서 있다

그 여름 내내
훼척골립毁瘠骨立*의 슬픔이 피워 낸
붉은 꽃잎 같은 문신文身을 마음에 새기고
배롱나무 그늘에서 생生의 이면을 들여다보았다

내 마음에 눈물의 돌장승 하나 세우는 동안
혁혁한 여름이 가고
그예 생生의 가을이 왔다

* 너무 슬퍼서 몸이 바싹 마르고 뼈가 앙상하게 드러남.

마지막 인사

너는 가고 나만 남아 또 아침을 맞는다 오늘은 네 영혼 마저 이 지상에서 마지막 떠나는 사구잿날, 사진 속에 웃고 있는 너의 미소를 마음에 칼끝으로 새긴다 먼 윤회의 길을 돌아 우리 곁에 온 보석 같은 아들아! 너는 무슨 인연으로 우리에게 왔다가 이렇게나 이슬처럼 바람처럼 사라져 버렸는지 너는 가고 나만 남아 너와 함께했던 시간들을 가슴에 묻는다

아직도 카톡방에 우리집 기쁨조로 살아 있는 한글아, 전원이 나가 버린 핸드폰처럼 황망히 가 버린 너는 이제 이 세상에 없구나 네가 없다는 사실을 어떻게 받아들여야 할지 나는 아직 알지 못한다 너를 잃은 슬픔은 이 슬픔의 끝은 어디인지 알 수도 없구나 너의 사진을 안고 눈물로 보내는 네 엄마 곁에서 나는 수백 수천 번 관세음보살을 되뇌며 바윗돌로 눈물을 누른다 다 지나가리라 고통의 터널도, 슬픔의 강물도 다 지나가리라 가부좌로 앉아 두 손을 모은다

인간은 누구나 자연에서 왔다가 자연으로 가는 것을, 너의 육신은 이제 한 점 재가 되어 소나무 아래 묻혔지만

마음은 살아 있고 생명은 영원하다는 불가의 진리처럼 네 영혼도 영원하리라 믿는다 이제 한 그루 나무로 이 지상에 남아 있는 아들아! 비가 오면 엄마의 손길이라 여기고, 바람이 불면 아빠의 목소리라 생각해라 눈이라도 내리는 날이면 너를 그리워하는 사람들이 쓰는 사랑의 편지라고 읽어라 기억한다는 것은 사랑한다는 것, 넌 우리 마음속 기억의 나무로 살아 꽃이 피고 바람이 불고 낙엽이 지고 눈이 오는 일처럼 늘 우리와 함께 있을 거야, 잘 가라 사랑하는 내 아들, 한글아!

참척慘慽이라는 말

참 아프지요
심장에 바늘쌈지를 품은 것처럼 날이 가고 달이 가도
녹슬지 않는
가시 바늘을 입에 물고 사는 것처럼

참 무섭지요
속이 다 타 버린 벼락 맞은 나무처럼 달이 가고 해가 가
도 썩지를 않는
숯검댕이를 마음에 품고 사는 것처럼

자식을 먼저 저 세상으로 보내고 고통과 슬픔으로 사는
사람들
이 세상엔 왜 그리도 많은지

참척!
다시는 입속에 담고 싶지 않는 세상에서 가장 슬픈 말
이지요

제2부

소와 달
– 이종구 화백의 「월출」에 부쳐

산 위에 둥근 달빛 그림자를 방석처럼 깔고
늙은 소가 와불처럼 누워 있네

굽은 등 축 처진 눈자위
촉촉이 젖은 눈동자에 눈부처로 들어앉은
달

평생 코뚜레 끼고 논밭을 갈았던 소가
무릎을 꿇고 앉아 하염없이 쳐다보는
물항아리 같은
달

오물오물 한세월을 되새김질하는
그 소의 눈망울 속에 들어앉은 달항아리에
바람의 무늬가 새겨져 있네

맨발의 시간

그리움이 뼈에 사무치는 날이면
나를 끌고 다니던 시간의 사슬을 벗고
미황사 부도전 가는 길을 걷는다
내가 끌고 다닌 무거운 신발도
달력에 빼곡한 일정표, 머릿속 짓누르던 카드 명세표
쓰다 만 시 나부랭이도 죄 벗어 놓고
숲 사이로 난 작은 오솔길을 맨발로 걷는다
발바닥 아래 밟히는 새 울음과 숲이 흘린 푸른 피에
흠뻑 젖은 나무들이 바람의 문초問招를 받고 있다
봄날의 그 싱그러운 바람은 어디로 가고
가을의 그리움만 거느리고 있는지
봄이 저질러 놓은 꽃 사태로 신록이 창궐했던 숲도
이제는 아랫도리를 벗고 맨발로 겨울의 초입에 들었다
벼랑 끝에 선 붉가시나무 이파리에 노을이 스러지고
어둠이 스며드는 박명薄明의 오솔길은 적막하다
제 안에 적막을 거느리고 서서
존재의 무게를 견디고 있는 나무들처럼
나는 묵언의 길을 밟고 부도전에 들었다

별빛 아래 적멸에 든 탑비塔碑들이
어둠 속에서 무의無衣의 맨발을 내밀고 있다

버드나무 아래 흰 말을 묶어 두고
- 공재 화첩 5

버드나무 아래 흰 말을 묶어 두고
그대는 어디로 갔는가
수양인지 능수인지 모를 저 버들잎만
치렁치렁한 가지에 말 울음을 매달았네

외로운 날이면 먼 들길에 나가
풀벌레와 화초들을 벗 삼아 지내다
저녁노을과 흰 달빛으로 돌아오던 그대는
세상에 살았지만 늘 세상 밖 사람이었네

누군가는 그대의 말馬 앞에서
우국충정을 생각한다지만
나는 버드나무 아래 묶인 흰 말의 눈빛 속에서
고독한 한 시인을 생각한다네

고삐도 안장도 없는 저 말이야말로 그대가 꿈꾸던 삶이
아니던가
들판을 달리는 말처럼 살고 싶었던 그대는

버드나무 아래 흰 말을 묶어 두고
지금 어디에 가 있는가

주인 없는 이 고적한 백포* 별서에는
배롱꽃만 고요히 지고 있네

* 공재 윤두서의 별서(別墅)가 있는 해남군 현산면 백포리.

어느 가을 미황사 부도암에 들어

한 뼘쯤 세살문을 연 마음의 뒤란에는
웃자란 부추처럼 노을빛 그리움이 무시로 자란다
보고 싶어도 부를 수 없는 이름을 부르는 저녁이면
울컥 달려든 어떤 설움이 간신히 견디던 평정의 둑을
무너뜨리고
산정의 나무들도 통곡하듯 어둠 속으로 무너진다*

늦은 단풍잎 두어 장만 남아 떨고 있는 이 가을
고요가 웅크린 부도전 소나무 아래서
너무 오래 울어서 소리가 없는 여자와
지상의 욕망을 잠재우지 못해 산방에 든 초로初老의 사
내가
말없이 가을볕에 뛰노는 강아지를 바라보는 시간이면
항아리에 빗물 고이듯 저녁 종소리가 심연에 가라앉는다

바람이 지나간 숲속에는 고요가 먼저 내려와 눕고
나는 가을 나무처럼 우두커니 앉아 서녘 하늘에서 조문
弔問 나온 별들과

어느 먼 하늘길을 건너 서방정토에 가 있을 어린 아들과
이른 저녁 TV 앞에서 까마귀처럼 졸고 있을 팔순 노모와
쓸쓸한 저녁을 맞이할 늙은 아내를 생각하는 것이다
오늘도 진흙 터널 같은 생을 건너며

* 박노식의 「고개 숙인 모든 것」 중에서.

어느 봄 대흥사 숲길에서

벚꽃 화사한 길은 짧고 녹음의 봄은 길다
숲길은 구절양장으로 그늘을 깔아 놓고
계곡 물소리는 서편제 가락으로 흐른다
봄물이 오른 물푸레나무 그늘에는
상사화 상사화 붉은 상사화
사랑은 애시당초 슬픈 인연이라고
오목눈이 붉은 울음 울고 간다
묵객墨客들이 신선처럼 노닐었던 유선관
전설이 가득한 여행자의 집 문밖에는
차마 피안교를 넘지 못한 발길들이
울울창창 녹청에 물든 뜰만 기웃댄다
어쩌자고 때죽나무 흰 꽃들은 발목을 잡는지
영산홍 붉은 몽매여!
한나절의 산경山徑은 꿈길 같지만
진불眞佛에 이르는 길은 멀고
저 북암 마애여래의 미소도 부질없다
몸은 끝내 산문에 들지 못하고
늙은 보리수나무 가지에 앉은 다람쥐만

계류에 붉은 귀를 씻고 있다

달마*에 눕다

　모두들 따뜻한 방구들로 찾아드는 세한歲寒의 이 적막
한 시절에 칡넝쿨처럼 얽힌 마음은 육신의 폐허를 이기지
못하고 하늬바람 귓불을 때리는 눈길을 걸어 산문山門에
들었습니다.

　북풍한설에 산죽山竹들의 푸른 신음 소리 헐벗은 겨울
나무들의 비명 소리에 밤마다 잠 못 이루고 면벽 정진하
는 달마가 봉우리마다 흰 촛대를 세우고 낡은 운판雲版을
울리며 카랑카랑 경經을 외는 소리 들었습니다.

　세상의 진창길에 상한 몸 병든 짐승처럼 겨우내 적막한
산방山房에 누워 금강경 한 소절 귀동냥했건만 마음에 들
끓는 어지러운 꿈들 끝내 지워 버리지 못하고 말의 집 한
채 짓지도 못했습니다.

　달마와 보낸 이 한철 달마는 보지도 못하고 그저 산문
山門 밖 사람의 마을에서 아슴아슴 피어오르는 저녁연기
속으로 아련히 번지는 연꽃 같은 붉은 노을 자락에 마음

만 더욱 붉어졌습니다

* 달마(達摩) : 전남 해남군 송지면에 있는 산 이름이며, 이 산엔 땅끝마을 아름다
운 절 미황사가 있다.

도솔암 가는 길

해를 등에 지고 가파른 산길을 오른다
회한의 긴 그림자를 밟고 오르는 길목에
멀리서 온 바다가 언뜻언뜻 얼굴을 내민다
이윽고 바다는 붉은 노을 속으로 얼굴을 감추고
산은 땅거미를 거느리고 숲길로 내려온다
봄에 왔던 길 위에 여름이 죽고
가을이 스러진 길 위에 겨울이 와서
오늘은 하얀 눈이 길을 덮고 있다
떡갈나무 잎은 지고 동백꽃은 다시 피고
가는 것들은 그저 가고
오는 것들은 또 이렇게 오는 것을,
지난해 이승을 떠난 그대의 유해 같은
눈길을 나는 슬픔도 없이 걷는다
사랑도 세월 속에서 나뭇잎처럼 바래지는 것이어서
그대 없는 슬픔을 슬퍼하지 않기로 한다
추위와 고통은 이승의 일
도솔兜率의 하늘에는 또 어떤 바람이 불까
마른 잎새에 글썽이는 잔광들이

나목의 등피를 쓰다듬는 동안
노을이 스러진 자리에 별이 돋고
어두운 숲속에서 새들이 붉은 울음을 운다

불이학당*에 와서

저간에 아내는 출가 중이고 나는 면벽 중이다
집 안이 암자처럼 고요하다
한밤중에 깨어나면 텅 빈 방에서
달아난 잠 잡을 수 없어 티비 리모컨만 만지작거린다
엊그제 밤엔 판문점 도보다리에서 만난 남북정상
형제처럼 부자父子처럼 다정한 모습을 보다
울컥! 전화기 손에 들고 서성거렸다

오늘은 은빛평화순례단 따라 불이학당에 와서
이 땅의 평화와 남북 화해의 길에 대해 귀를 열었다
길 위에서 만난 도법 스님은
'내 안의 정상회담'를 화두로 던져두고
과거를 탓하지 말고 미래의 길을 보라, 한다
하루하루 혁명하지 않고서야 어찌 평화를 이룰 수 있겠
냐, 고
도보다리 위에서 환하게 웃던 두 정상처럼
남편과 아내도 좌와 우도 하나가 되어야 한다, 는데
화해의 길은 멀고 내 안의 혁명은 까마득하다

* 전남 보성에 있는 한옥서당 겸 문화쉼터.

달마고도
– 소를 찾아가는 길

산이 저 홀로 붉어지는 가을이면
일상의 구두를 벗고 산문에 들어
달마산 옛길을 걷는다
달마산 옛길은 소가 걷던 길*
소를 찾아가는 그 길은
발이 아니라 마음의 길
나는 마음의 순례자가 되어
떡갈나무 잎새에 이는 바람처럼
가을 하늘 건너가는 흰 구름처럼
산문 밖 풍문들은 죄다 산 아래 두고
달마산 옛길을 걷는다
물푸레 구절초 쑥부쟁이 함께 걷는
그 길 어디에도 소 발자국은 보이지 않고
다만 내 불우不遇를 다독이는 묵언의 길
한나절 산행길은 관음의 손바닥이어라!

* 사자포구(땅끝)에서 미황사로 오는 길 : 옛날 바닷가에서 황소 한 마리가 등에
  불상과 불경을 싣고 와 지금의 대웅전 자리에 이르러 한 번 크게 울고는 쓰러
  져 죽었으므로 여기에 절을 짓고 미황사라 했다는 전설이 있음.

달마고도
- 불썬봉에 올라

달마는 동면에 들고 묵언의 입석들은 용맹정진 중이다
발아래 돌들이 자갈자갈 우는 산경을 따라
문바위를 찾아가는 벼랑길은 고행의 길
갈참 물푸레 동백들이 구불구불 그늘을 깔아 놓았다
키 작은 산죽이 발목을 잡는 숲을 지나면 너덜겅
회한의 서늘한 바람이 젖은 등덜미를 파고든다
바람은 저 가파른 능선을 따라 또 어디로 가는지
몇 번인가 헛딛은 발길 넘어지고 미끄러지며
달마의 정수리 불썬봉에 올랐다
누군가는 제 슬픔 돌로 눌러놓고
또 누군가는 부질없는 소망을 던져두었다
수백수천의 불꽃 같은 마음들이 모여 탑이 되었구나
마음속 불 한 자락 거기 던져두고 산 아래 바라보니
저만치 완도 바다는 올망졸망 자식 같은 섬들을 다독
이고
저 멀리 진도 앞바다에선 막 붉은 연꽃이 핀다
꽃이 피었다 지는 것은 찰나, 땅끝마을에선
벌써 저녁 짓는 연기 기어오르고

새들은 운판雲版을 메고 숲에 든다

시나브로 무거운 몸 끌고 하산하는 박명의 오솔길에

발길보다 먼저 허둥대는 맹목이여!

나무들에게 길을 물어도 묵묵부답

묵언의 나무들은 끝내 선정禪靜에서 깨어나지 않는다

오도재吾道帖에서 길을 잃다

이 지상에서 가장 고적한 마을
해남군 현산면 덕흥리
오백 년 묵은 느티나무 그늘 아래
한 번도 문명의 때를 묻히지 않았을 것만 같은
산 여울 조약돌들이 조잘조잘
돌각담 돌고 돌아 산다랑치를 적신다
내가 이름을 들어 본 태반의 들꽃들
옹기종기 들꽃박물관 같다
꽃들을 따라 산길에 들면 오도재,
먼 옛날 추사가 초의를 만나기 위해
넘었다는 고갯길, 그 너머는
대흥사로 드는 길목이다
깨달아야 넘을 수 있는 고개라는 말인지
깨달음을 찾아 넘는 고개라는 것인지
오고 가는 이도 없는 그 고개를 넘다
깨달음보다 먼저 들꽃에 취해
나는 길을 잃었다

백방포 白房浦

두모리 앞 먼 바다 건너
중국을 오가던 고운孤雲*처럼
흰 길을 따라 제비가 왔다

고요만이 가득한
공재 별서에서
두리번거리며 누굴 찾는지

그늘 깊은 처마 밑
하얀 방
어린 제비들 목구멍이 붉었다

* 신라 때 문신 최치원의 호.

제3부

바람의 악보를 읽는 낙타처럼

― 몽골 시편·1

푸른 별들이 허공에 그린 음표는
초원을 건너는 바람이 읽고

바람이 모래 위에 새겨 놓은 악보는
사막을 건너는 낙타가 읽는다

나는 우주를 유목하는 시인

울음 주머니를 등에 달고
바람의 악보를 읽는 낙타처럼
마두금의 가락으로 노래하리

울음이 노래가 될 때까지
노래가 울음이 될 때까지

마두금馬頭琴이 우는 저녁
– 몽골 시편·2

하늘에 풀어놓은 붉은 양 떼가 서편으로 몰려가면
먼 고비를 건너온 바람은 지상의 시간을 지우고

허공에 별빛으로 새긴 바람의 음표를 읽는 저녁
새끼 잃은 어미 말처럼 마두금이 운다

누가 저 캄캄한 초원에 어린 말을 홀로 두고 갔을까

모닥불 위에는 사막을 건너온 말발굽 소리
하늘에는 에델바이스 꽃잎 같은 별빛들

이승과 저승 사이
떠도는 어린 영혼의 눈빛 같은
별 하나 지상에 내려와
울다 지친 어린 말처럼 내 안에 잠든 밤

먼 조상들이 사막에 새겨놓은 바람의 악보를 읽듯이
수세기를 달려온 별빛으로 마두금이 운다

신神의 눈빛 같은
− 몽골 시편·3

초원의 별을 보려고 몽골에 갔던 날
자작나무숲 흰 불꽃들이 허공에 쓴 문장을
신神의 손길 같은 바람이 읽어 주었다

테를지공원 게르의 하늘창으로
그대가 보내온 눈꽃 편지는
이내 눈물의 연서戀書가 되어
차마 읽지 못하고

자작나무 불꽃들이 붉은 손가락으로
답신을 쓰는 밤이면
어디서 낙타 울음소리를 닮은
마두금馬頭琴이 울고
신神의 눈빛 같은 어린 별들이
하늘창에 내려와 있었다

나는 부처를 보았다
– 몽골 시편·4

지난겨울 글 쓰는 벗들과 몽골에 갔다
낭만이 흐르는 초원의 별빛도 별빛이려니와
한사코 겨울 몽골을 찾아간 것은
수직으로 타오르는 흰 자작나무 숲과
했으나 하지 않는 날들이 좋았다*는
어느 시인의 유혹 때문이었다
내 피와 살이었던 아들을 하늘로 보내고
하루하루 개펄 같은 고통으로 보내던 시간들
내 안에 웅크린 슬픔으로
나를 갉아먹던 가시 같은 밤들을
어떻게 견뎌야 할까 알 수 없어
끝없는 설원雪原의 땅
울기 좋은 곳 찾아서 갔다
눈물도 얼어 버리는 영하 40도라니!
밤이 깊을수록 바람의 신이 데려간
잠은 좀처럼 오지 않고 눈 내리는
자작나무 숲에서는 모린호르** 노래가
바람의 혀처럼 영혼을 쓰다듬었다

난로의 연통에 불꽃이 날리고
연기가 보이지 않는 새벽이면
어김없이 게르를 찾아오는 검은 그림자
남루를 걸치고 헐렁한 문으로 바람처럼
소리 없이 왔다가 장작불을 지펴 주고
가뭇없이 사라지던 그 사람
이름이 진데라던가
손은 자작나무 껍질처럼 거칠고
얼굴은 말馬처럼 검게 그을렸지만
눈동자는 별빛처럼 맑고 빛났지
밤새 내 영혼까지 지펴 주던
부처 같은 여자

* 『했으나 하지 않는 날들이 좋았다』는 강희진 시인의 포토에세이집 제목.
** 마두금(馬頭琴)이라고 하는 몽골의 전통 악기.

그 겨울 톨강에서
– 몽골 시편·5

몽골의 겨울은 길 아닌 곳이 없다
테를지국립공원 꽁꽁 언 톨강에는
목줄을 이어서 맨 시베리안 허스키들이
콧김을 내뿜으며 썰매를 끌고 있었다

눈 쌓인 강을 씽씽 달리는 개썰매 위에서
안내원 청년은 내 얼굴을 보더니
"한국인은 오직 돈을 쌓기 위해 앞만 보고 달리는
썰매개 같은 삶을 사는 것 같았다."고 말했다

한국에서 노동자로 4년을 일했다는 그 몽골 청년이 던
진 말이
얼음장에 박힌 돌처럼 이마를 딱 치는 것이었다

내 살아온 날들이
겨울 강을 달리는 개 같은 삶이라니!

애월

삶의 벼랑 끝에 바위처럼 누운 여자가 사는 곳
애월에는 달빛도 파도 소리로 운다

바람처럼 떠도는 사내를 만나
생의 오름마다 숨이 차고 무릎이 꺾일 때면
벼랑에 걸린 달처럼 말없이 바다로 가던 여자
가슴에 붉은 무덤을 품고 동백꽃처럼 울던 날
뭍에서 건너온 바람이 굽은 등을 쓰다듬었다

달빛도 파도 소리로 우는 애월에
나는 말을 잃은 애인을 두고 왔다

우담바라*의 미소

내 방 책장에는
절에 다니는 우리 학교 여선생이 선물해 준
서산마애불의 복사본 사진이 걸려 있다

삼백육십오일 한결같이
초생달 같은 입술에서 피어나는 그 미소는

ㅡ어여 와라, 내 새끼야
토방 마루에서 버선발로 나를 반기시던
우리 할머니의 서글서글한 눈빛 같기도 하고,

ㅡ안ㅡㄴ 녀ㅡㅇ 하ㅡ 세 ㅡ 요
읍내 시장통에서 온몸 비비 꼬며 수줍게 인사하던
뇌성마비장애1급 은경 씨의 등꽃 같은 웃음을 닮았다

그 사진 속의 미소를 바라볼 때면
웃음은 마음의 꽃이라는 말,
새록새록 생각나고

책장에 빽빽이 꽂혀 있는 수백 권의 시집보다도
저 무욕의 마음속에서 피어나는 꽃 한 송이가
무명無明의 내 마음을 환하게 열어 준다

* 불경에 나오는 상상 속의 꽃. 부처님의 몸에서 피는 꽃이라고도 함.

거룩한 기도

바람 없는 날이면 나뭇잎이 손을 모으시고
바람 많은 날이면 어머니가 손을 모으신다

손바닥만 한 텃밭에서 종일 콩밭 매던 어머니
흙 파던 호미 냇물에 씻고
삽 같은 두 손 샘물에 씻고

글썽이는 별빛 아래서
어둠의 면사포를 머리에 쓰고
나뭇잎을 스치는 바람 소리로 기도하신다

겨울 산사山寺에서

산보다 먼저 깨어 차 한 잔 마시고
시집 한 권 다 읽고 나니
먹먹한 가슴에 새벽이 왔다

밤새 내린 눈발이
천지에 온통 백지를 깔아 놓은 날
눈밭에 예서체隷書體로 박힌 겨울나무들
그 찬 가지에 앉은 눈 맑은 새들이
한종일 조잘조잘 선생도 없이
수천 권의 시집을 읽고 있었다

산사에서 보낸 지난겨울
자연은 하느님의 교과서라는 말
오롯이 가슴에 새기고 왔다

바람의 노래가 되어

사람이 죽으면 별이 된다고 한다
그러나 나는 죽어서 별이 되지 않을 거야
그저 바람이 되어
숲과 어린나무와 눈 맑은 새들의 동무가 되어
꽃의 홀씨를 배달하는 대지의 방랑자가 되어
저문 들길을 돌아오는 땅의 사람들*
굽은 등이나 다독이는
바람의 노래가 될 거야

* 고정희 시 「땅의 사람들」에서 인용.

70

개밥바라기

절 마당 귀퉁이에 있는 바루 같은 개밥그릇에
밤마다 별이 내려와 공양을 하고 갔다

어느 날 집 나온 괴대기*가 이 절까지 찾아와
개밥그릇을 기웃거리고 있었다

에끼, 이놈 저리 가라!
지나가던 스님이 대갈大喝하자

놀란 괴대기는 야옹야옹 뒷산 나무로 기어올라
그예 어둠 속으로 사라졌다

그 후 저녁 무렵이면 배고픈 괴대기가 찾아와
서녘 하늘에서 형형한 눈빛으로 개밥그릇을 기웃거린다

* 고양이의 전라도 방언.

제4부

빗방울의 생生

방문 밖이 소란하다
장지문을 열고 마당을 보니
마당귀 감나무에 빗물 드는 소리
후둑후둑 감잎에 빗방울들이 맺혀 있다
푸른 혀를 내밀고 갈증을 달래는 이파리들이
젖은 손바닥처럼 번들거린다
미처 흘러내리지 못한 빗방울들이 미끄러운 이파리 위
에서
어칠비칠 곡예사처럼 그네를 타고 있다
손바닥 위에 올려놓고 펴지도 오므리지도 못한 채
안절부절못하는 젖은 나뭇잎 위에서
둥그렇게 몸을 웅크리고 있는
저 빗방울들!

콩벌레 같은 빗방울의 생生이
위태롭다

살구나무를 스쳐 지나간 바람처럼

내 마음은 바람을 기다리는 살구나무
너무 오래 그리움의 뿌리에 기대어 살았다

네가 오지 않는 날에는
어깨를 구부리고 귀가하는 쓸쓸한 가장家長처럼
축 처진 이파리를 늘어뜨리고 서서
저무는 골목길에서 널 기다렸다

너는 언제나 거처 없는 철새처럼
내 몸을 스쳐 지나갈 뿐이었지만, 그래도 나는 네가
내 어깨에 기대어 쉬거나
내 그늘에 누워 잠들길 바랐다

네 유랑流浪의 끝이 어딘지 알지 못하는 나와, 나의 어
리석은 애착은
밤낮으로 그리움의 이파리를 흔들어대다
끝내는 슬픔의 잔뿌리만 한없이 키웠다

그러나, 어차피 삶이란 스쳐 지나가는 것이고
떠돎이 너의 운명이라면
너의 부재가 차라리 나의 위안인 것을,

이제 돌아보지 마라, 내 사랑아
살구나무를 스쳐 지나간 바람처럼
내 몸을 스쳐 지나간 황홀한 순간들, 그 짧았던 추억들아

다시는 너로 인해 나의 잎을 초조하게 흔들거나
그리움의 가지를 뻗어 내리지 않으리

도둑고양이 한 마리
어슬렁거리다 가는 이 봄날에

장모님 가시고 오랜만에 찾은 처갓집

적막한 뜰에 영산홍 홀로 붉었다

우물가 빈 독에 내려앉은 푸른 하늘

그 속에 점점 홍홍 떠 있는 영산홍 꽃잎들

내 젊은 날의 열정은 자취도 없다

바람만 마당가에 떨어진 꽃잎들 굴리며 놀고

어젯밤 내린 봄비는 가는 세월이 아쉬운지

머구대 푸른 잎사귀에 눈물로 맺혔다

먼지 쌓인 토방마루에 주인 없는 흰 고무신 한 짝

저물도록 해바라기하고 있는 고적한 빈집

뒤란 대숲에는 맨살을 드러낸 푸른 이파리들이

지들끼리 살을 부비며 두런두런 옛이야기를 나누는지

한낮의 적막을 흔들어 깨우고 있다

헛간에 모로 누운 썩은 멍석

주인을 잃고 등짝이 허전한 외다리 지게여

다시는 바람을 내뿜지 못할 녹슨 풍로 곁에서

도둑고양이 한 마리 어슬렁거리다 가는 이 봄날에

어쩌자고 빈집에 영산홍만 홀로 붉었다

오만 원권 두 장

아이들 키운다는 핑계로
혹은 직장일 바쁘다는 이유로
어버이날 그냥 넘길 때가 많았다

오랜만에 어버이날 잊지 않고
고향집 가는 길에 읍내 농협에도 들렀다

피 묻은 빤스라도 팔아서
학교는 보내겠다고
행상으로 자식들 대학까지 보내신
억척스런 어머니

올해는 피 묻은 빤스 값으로
오만 원권 두 장 봉투에 담았다

옛집에서 듣는 가을 빗소리

옛집 툇마루에 앉아
양철지붕에 떨어지는 빗소리를 듣는다
뚝 뚝 추녀 밑에 빗물 듣는 소리
추억을 불러오는 빗물의 하모니에
귀를 적시던 흰 국화꽃들
무슨 그리움에라도 젖은 듯 골몰하다
삐걱대는 마룻장이 이 집의 내력을 읽고 있다
비바람 자국 얼룩진 서까래는 이 집의 자서전
검버섯 핀 어머니의 얼굴 같은 흙벽 위에
눈물 자국인가 한숨 같은 바람의 무늬 선명하다
빗방울의 음계를 밟고 오는 청승맞은 가을바람은
판이 튀는 축음기에서 흘러나오는 배호의 노래처럼
중년의 오후를 적시고
우수에 젖은 개오동나무 이파리는
금방이라도 눈물을 쏟을 기색이다
옛집 툇마루에 앉아 듣는 가을 빗소리
산사山寺의 목탁 소리처럼 심연에 고인다

늙은 느티나무 아래서

삼백 년이 넘었다는 노거수가 울창한
읍내의 서림공원에는 신령神靈이 살고 있다
소란과 눈부심의 계절이 지나가는 어느 날
늙은 느티나무 아래서
바람 한 점 없는 허공에 흩날리는
나뭇잎을 보다가 문득 생각했네
언젠가 이 공원에서 '애린'을 불렀던
한 쓸쓸한 노老시인을,
한때 심장에 화살로 박히던 말들은
마음의 빈터에 낙엽처럼 뒹굴고
이제 시인은 절필絕筆을 했다는데
느티나무 '흰 그늘' 아래서
나뭇잎이 허공에 쓴 시를 보며 생각했네
저 나무성자의 잎사귀보다도 가벼운
내 시의 중량은 얼마나 될까?

능소화

아무도 몰래
훔쳐보던 내 사랑이 있었다
혹시나 누가 볼까
담장 너머에서 종종거리던 시간들
여름은 길고 긴 사막이었다

능소화 핀 그 골목길에서
가슴속에 잉걸불로 타던 마음
말 한마디 못하고
휘파람만 불며 서성이던 날들이 있었다

혹시나 누가 알까
아무도 몰래
감추어 둔 내 사랑이 있었다
그 여름이 다 가도록
밤마다 별은 저 홀로 뜨고 지고

금강산성*에서

누구나 인생을 사는 동안 자기만의 성城을 가지고 산다
견고한 석성石城이거나 혹은 엉성한 토성土城이라도
그것이 자신을 지켜 주리라는 믿음으로 산다

젊은 시절 나도
이 세상에 혁명革命으로 이룰 수 있는 어떤 성城이 있으
리라 믿으며 살았다

그러나 언제부터인가
세월 앞에서 무너지지 않는 성城은 없다! 는 것을 알았다

가파른 산길을 타고 우거진 수풀을 헤치며
오늘 내가 찾아가는 이 옛 성터에는
또 어느 시절 누구의 꿈이 무너진 성벽으로 누워 있을까

흙 속에 파묻힌 깨진 와편과 토기 몇 조각
주워 든 내 손에서는
불현듯 옛사랑의 뜨거운 숨결과 피가 흐른다

무너진 옛 성터를 찾아간 날
내 마음의 폐허에 누워 있는
젊은 날의 꿈과 사랑의 그림자를 보고 왔다

* 금강산성은 전남 해남군 해남읍 뒷산 금강산에 있는 산성이다.

땅끝을 거닐다

북적대던 사람들 다 떠나가 버린
바닷가엔 게 발자국만 어지럽다
지난여름 이글거리던 햇볕 아래서
푸른 갈기를 세우고 온몸으로 달려들던
달려들다 부서지며 포효하던 그 파도들
이제는 순한 짐승처럼 발치에 누웠다
생각하면 내 살아온 날들도 게걸음 같은 것을,
거품 물고 끌고 온 내 안의 길들
벼랑 앞에서 더는 나아가지 못한다
저물도록 육자배기가락으로 우는 파도에 기대어
홀로 거니는 발아래 몽돌들만 자글자글 울고
먼 물마루엔 붉은 노을이 색 바랜 깃발처럼
파도 위에 펄럭이고 있다

유적流謫의 밤
– 다산의 편지

어두운 세상 끝내 밝히지 못하고
변방에 쫓겨온 서생의 책상머리에
달빛만 처연한 밤
홀로 오동잎 지는 소리 듣는다

천 리 밖 세상의 풍문들은
나그네 입으로 전해 들으며
싸움의 복판에서 떠나온 세월을
부질없는 시부詩賦로 달래고 있으니
마음은 처량한 가을바람 같구나

한 세월이 저물고 새 시대가 왔다지만
오랑캐들이 다시 발호하여 사해가 어지럽고
관리들은 부패하여 백성들의 원성이 날로 높은데
누가 깃발을 올리고 북을 두드릴 것인가

구룡포구 갈밭을 지나는 바람 소리는
잠을 끌고 어디로 가는지
새벽 창에 개밥바라기 별빛만 오롯하다

어느 날 청진항 선술집에 앉아

경의선 막차는 좀처럼 오지 않고
주먹눈이 억세게 내리치는 밤
함경도 사투리를 닮은 파도 소리 투박한
청진항 어느 선술집에 앉아
어제 만난 북쪽 시인과 오랜 동무가 되어
차마 그리움도 가닿지 못한 사연과
녹슨 레일에 묻어 둔 세월의 상처들을
뜨거운 술잔에 털어 넣는다
붐비는 술청에는 붉은 눈물을 토해 내는 석탄 난로와
대동강 맥주를 홀짝이는 젊은이 몇
남도에서 왔다는 눈 맑은 청년은 블라디보스톡에서
시베리아 횡단 열차를 탄단다
지난밤 한라산 소주와 백두산 맥주를 섞어 만든
시원한 통일주에 취한 우리는
푼푼한 함경도 아짐씨가 내온 알싸한 북엇국에
헛헛한 뱃속을 달래며 해남산 흰 쌀밥을 만다
통일의 노랫가락에 어깻바람이 난 누군가는
뜬마음으로 청진항 부두에 나가

눈포래 휘몰아치는 바다를 향해 목청을 돋우고
뒷생각 많은 나는 선술집 창가에 앉아
저 멀리 우련한 집어등 불빛을 바라본다

갈매기섬*

인적 없는 외딴섬은 무덤이었다
한 평도 못된 구덩이 속에서 수십 명의 유골이 쏟아지
던 날
땅속에 묻힌 흰 고무신처럼 썩지 않는 슬픔이
지아비를 잃고 예순 해를 청상으로 살아온 노파의 가
슴에
붉은 동백 꽃잎으로 흐득흐득 피어나고
푸른 하늘을 맴돌던 갈매기들도 상여 소리로 울었다

"어찌게 그 징한 세월을 말로 다 하것소.
아무리 말해도 지비들은 모를 것이요."

어떤 세월도 진실을 매장하지는 못했다
굴비두름처럼 손목이 묶인 채 학살된 떼주검들이
밤마다 도깨비불로 떠돌다 유족의 품으로 돌아오던 날
애비를 잃고 한평생 재갈 물린 세월을 살아온 아들의
가슴에는
아직도 파들파들 떨고 있는 파도 소리 들리고

까마귀쪽나무 그늘에서 휘파람새가 씻김굿 가락으로
울었다

"말도 못하는 시상을 살고 나왔지 싶소.
고것은 전쟁이 아니라 하늘이 내린 재앙이었어라."

* 전라남도 해남과 진도 사이에 있는 섬. 이 섬에서 1950년 7월 중순경에 경찰들
  이 보도연맹에 가입된 사람들을 집단 학살했다.

제5부

어불도 뒷개

땅끝마을 어불도 뒷개에 가면
딱 원고지 한 장만 한 모래밭이 있다

내가 송지고에 근무하던 어느 해인가
문예반 아이들과 봄소풍 갔을 때였다

썰물 따라 나온 화랑게들이
그 모래 원고지에 시를 쓰고 있었다

괴발개발 갈겨쓴 그 육필시를
파도는 바람의 리듬으로 낭송하고

파도의 노래에 취한 아이들은
바닷물에 몸과 영혼이 흠뻑 젖었다

용봉동 상하방

해직 시절
전남대 뒤편 용봉동 상하방에 살 때는
참교육 티셔츠 하나로도 여름을 이길 수 있었다

걸어서 한 시간 대인동 사무실까지
출퇴근하던 그 시절엔
비바람 눈서리도 내 안의 불씨를 끄지 못했다

만주에서 말 달리던 무슨 독립운동가도 아니면서
어린 두 아들과 젊은 아내만 두고
나는 전국을 쏘다니며 오직 한 별만 우러러 보았다

그러던 어느 날
현관문도 없는 상하방에 부엌칼을 든 강도가 들었다
놀란 아내는 어린 강도에게
"우린 해직교사 집이다."
가진 돈 3만 원 꺼내 들고 설득했단다

어린 첫째가 깨어나 아내 곁에서 울어 주었던 그날 밤
　나는 부산 정발산에 신용길 동지를 묻고 돌아오는 길이
었다

　그날 이후
　우리는 각방을 쓰며 살았다
　아내는 원망의 윗방에 들고 나는 속죄의 아랫방에 누
웠다

주목나무를 생각하는 밤

　연사흘 폭설이 내려서 동넷길도 찻길도 다 막혔다 세상
의 모든 길이 지워져 막막한 날 나는 동면에 든 짐승처럼
눅눅한 골방에 누워 내 살아온 날들을 돌아보며 눈 내린
지리산 능선 쌀랑쌀랑한 바람 속에서 눈꽃을 피우고 있다
는 주목나무를 생각하는 것이다

　사랑의 불씨 하나 가슴에 품고 세상을 이기러 떠난 사
람들이 감발로 산길을 넘던 그 길목 어디쯤 지금도 정정
하게 세월을 견디고 서 있다는 천년 묵은 주목나무를

　산도 들도 온통 설원인데 길도 없는 마을에 어둠이 내
린다 오늘 같은 밤이면 지천명이 지난 나도 목숨이라든가
운명 같은 앞날이 두려워지는 것이어서 그저 사랑만이 세
상을 이길 수 있다는 것을 온몸으로 노래한 가난한 시인
처럼 죽어서도 끝끝내 쓰러지지 않은 지리산 주목나무를
생각하는 것이다

　어린 벌레들의 따뜻한 겨울잠을 위해 제 몸을 감싼 잎

들 다 내어 주고 오직 뼈만 남은 맨몸으로 하늘을 향해 기
도하듯 두 손 모으고 있는 성자 같은 나무를

서정분교

달마산 그림자 길게 깔린 교정에는
편백 동백 삼나무 다정도 해라
멀리서 가까이서 달려온 아이들
한결같이 환한 웃음 들꽃처럼 피어나는
땅끝마을 작은 학교

제비꽃 엉겅퀴 구절초가 철마다 피어나고
풍물 가락에 어깨춤을 추는 어린 풀꽃들이
올망졸망 둘러앉아 희망을 노래하는 곳
모든 선생님이 전교생의 이름을 불러 주는
작지만 아름다운 사랑의 배움터

풀꽃반 아이들은 푸릇푸릇
뒤뜰 텃밭에서 제 손으로 가꾼 상추처럼 싱싱하고
보람반 아이들은 송알송알
 갓 움튼 새싹처럼 푸른 이마에 땀방울이 맺히도록 뛰어
놀고
 초롱반 아이들은 초롱초롱

미황사 풍경 소리에 귀를 씻고 낭랑하게 책을 읽는다

치자며 황토며 쑥들이 고운 물이 드는 교실에서
색색이 제 빛깔을 가지고 꿈을 키우는 아이들
남녘 보리밭에 일렁이는 싱그러운 바람과도 같이
남해 바다에 춤추는 푸르른 물이랑과도 같이
구김 없어라, 아름다워라

자연이 가르치는 대로 자연스럽게
지혜를 알고, 생명을 알고, 더불어 사는 삶을 배우는
아! 서정분교

나는 그대의 눈빛을 훔치고 싶다

마음이 꽃보다 먼저 봄을 맞는 3월이다
이제 막 꽃봉오리를 피어 올린 목련꽃들이
오종종 꽃샘바람 속에서 떨고 있는 교정에서
갓 움튼 새싹처럼 푸른 그대의 이마를 본다

새로 만난 아이들은 낯설음으로 침묵하고
난로도 없는 낡은 교실은 오스스 어깨를 움츠리고
창밖의 황사 바람은 뿌옇게 햇살을 가리고 있는데
아직 잉크 냄새 가시지 않는 새 교과서처럼
그대의 얼굴은 희망으로 빛난다

남녘의 보리밭에 일렁이는 싱그러운 바람과도 같이
새 학기 첫 교단에 처음으로 선 그대의 눈빛은
후박나무 이파리에 반짝이는 햇살보다 아름답다

처음은 언제나 설렘으로 오는 것
아이들이 선생님! 하고 부를 때
그대가 설렘 속에서 가슴에 오롯이 새긴 첫 마음

바람 찬 교정의 동백꽃처럼 붉은 그 마음
때로는 쑥부쟁이 같은 아이들에게 햇볕 한 줌이 되고
때로는 구절양장 같은 이 나라 교육의 등불 되리니

봄 바다에 일렁이는 수천수만의 물이랑과도 같이
눈 맑은 아이들과 교실로 힘차게 들어서는
그대의 발자국 소리에 화들짝 웃음꽃으로 핀
저 아이들의 미소를 보아라

해마다 처음처럼 다시 교단에 서도
타성의 분필 가루로 흰머리만 늘어가는 나는
봄날의 교정에서 꽃보다 아름다운
그대의 눈빛을 훔치고 싶다

칠량에 간다

연사흘 내린 눈길은 빙판이다
내리면서 녹고 녹으면서 얼어붙은
결빙의 저 단단한 약속들
깰 수만 있다면, 오늘 나는 그 약속들을 깨고
성에꽃 아름다운 바닷가 카페에 앉아
그저 눈발들이 흰나비처럼 날아드는 풍경이나
짙은 커피향으로 마시며 하루쯤
시간을 풀어 놓고 싶은 날
빙판에 반짝이는 눈부신 햇살처럼
빛나는 그 무엇을 찾아
완행버스는 느릿느릿 미끄러운 눈길을 달리는 것일까
창밖에는 천년의 꿈을 빚던
어느 도공의 손끝에서 태어난 상감象嵌인지
산도 들도 한 폭의 그림으로 살아나는 청자빛 하늘과
바다
건드리면 금방 깨질 것 같은 저 아름다운 비취색 창문
너머
겨울 바다를 물고 날아오르는

해오라기들처럼 끼룩대는 아이들
붉은 입속에 시詩밥 한 술 먹이러
칠량에 간다 그 오래된 미래를 만나러 간다

어느 날 해 저문 갈밭에 가서

어느 날 해 저문 갈밭에 가서
어둠 속에서 저희들끼리 수군거리는 갈대들의 이야기
를 들었다
갈대들이 혹 눈치챌까 봐
발소리를 죽이고 바람 찬 강변에 서서
바람과 함께 나도
잠시 내 몸을 흔들어 주었다

갈대들은 저희들끼리 흰 손을 맞잡고
제 마른 몸에서 환하게 핀 갈꽃들을 흔들어대며
지난해 맨몸으로 찾아와 함께 놀다간
기러기, 청둥오리, 가창오리, 노랑부리저어새, 검은머
리물떼새, 흰 고니, 흑두루미, 고방오리며
왜가리, 말똥가리, 중백로, 홍머리오리, 황새, 황조롱
이, 흰뺨검둥오리들의 패션과
먼 이방에서 온 그 새들의 노래와 춤사위에 대하여 하
염없이 종알대고 있었다
나는 그때 문득, 저 갈대들에게 가서
나도 한 마리 새가 되고 싶었다

그리고 그날, 나는 생각했다
바람 찬 교실에 앉아 저희들끼리 종알거리며
핸드폰을 통해 저희들만의 언어로 문자를 날리고
노란 브릿지를 넣은 머리를 뽐내며
저 갈밭의 갈대들처럼 상한 가슴을 어쩌지 못하고
서로의 빈 가슴을 채우기 위해 제 자신이 먼저 꽃이 되
고 싶어 하는
철없는 우리 반 아이들을,
먼저 피는 꽃이 먼저 시든다는 것을
아직은 알지 못하는 상한 갈대 같은 그 아이들을,

얼마나 더 많은 상처를 받아야 꽃이 되는지
얼마나 더 많은 눈물을 흘려야 꽃이 되는지
아직은 알지 못하는 철부지 아이들을
생각했다, 어느 날 해 저문 갈밭에 가서
제 마음의 상처 이기지 못하고
어서 자라 어른이 되고 싶어 하는
그 아이들의 서러운 꿈을,

나도 가끔은 백두산에 가고 싶다

나도 가끔은 백두산에 가고 싶다
연변, 길림 지나 백두산에 다녀온 어떤 시인의
객창감에 젖은 여행담을 듣거나
민족의 영산! 태고의 신비!
한밤중 텔레비전 특집프로에 나오는
들뜬 내레이터의 목소리를 들을 때면
나도 가끔은 백두산에 가고 싶다

남들은 비행기로 훌쩍 잘도 다녀온다는데
우리도 한번 다녀오는 것이 어쩌겠냐고
아내도 넌지시 내 의향을 묻지만
안 되지, 안 돼! 그렇게는 갈 수 없지
남의 나라 구경 가듯 그렇게 훌쩍 갈 수는 없지
손사래를 치며 마음을 고쳐먹는다

그래, 백두산 갈 때는
경의선 열차를 타고 임진강 건너
겸백평야 푸른 들판을 가로질러 흙내음 풀꽃 향기 맡으

며 가야지

　논밭에서 일하는 형제들에게 손이라도 흔들어 주고

　평양 들러 대동강 을밀대 아래서

　물 좋은 잉어회라도 한 접시 먹으며 김선달네 안부도
묻고

　만수대 극장에서 꽃 파는 처녀라도 보고 가야지

　얼마나 오랜 세월을 피눈물로 기다려 왔는데

　남의 나라 구경 가듯 그렇게 훌쩍 갈 수는 없지

　그렇지 않니? 그리운 백두산아!

그대 혹 어불도에 가면

― 김석천 선생님께

그대 혹 어불도에 가면

바닷가 언덕배기 햇볕 따순 양지 가에

오종종 갯쑥부쟁이 같은 아이들과 함께 사는

그를 만날지도 몰라

돌각담 너머 멀리서 들리는 발소리만 들어도

누구 집 애비의 걸음인지

저 멀리 갯가에 왁자한 목소리만 들어도

어느 집 아낙의 말소리인지 금방 짐작하는

갯바람에 새까맣게 탄 어부를 닮은

그를 만날지도 몰라

늘 부처 같은 미소로 섬마을 사람들의 넋두리를 들어
주고

그물코처럼 얽힌 생의 실타래를 풀어 주는

갯벌처럼 넉넉한 마음을 가진 김선생

얼굴에는 늘 쑥부쟁이꽃 같은 웃음이 피고

몸에서는 갯비린내 떠나지 않는 섬마을 아이들을 닮은

그를 만날지도 몰라

그대가 혹 어불도에 가면

그 봄 팽목항 부둣가에는*

그 봄 팽목항 부둣가에는
한 소녀가 돌처럼 앉아 있었네
검푸른 바다에 시선을 던진 채
매서운 바람에 머리채를 날린 채
팽나무 숲과 흐린 바다 사이
차가운 시멘트 바닥에
한 소녀가 주저앉아 있었네

박스 포장 아르바이트로 받은
생애의 첫 월급
동생들에게 나누어 주고
수학여행 다녀와서 노래방에 가자던
맘씨 좋은 오빠!
기다리며 하염없이 기다리며

아이유 노래를 좋아하고
한국사를 좋아했던 오빠를 닮은
한 소녀가 먼 바다를 바라보고 있었네

속절없이 바라보고 있었네

우리 오빠는 언제 올까요?

깨진 사금파리처럼 차가운 목소리
바람에 구르는 과자 봉지처럼
부질없이 부질없이 부서지는 바다 물결처럼
그 봄 팽목항 부둣가에는
한 소녀가 돌처럼 주저앉아 있었네

* 이 시는 단원고 2학년 5반 조성원 학생의 이야기를 바탕으로 쓴 '4·16 희생자
  기억시' 중 하나이다.

목련꽃이 피는 사월

그해 사월이 저물면서
슬픔의 위장은 부풀어 올랐다
불어터진 라면처럼 슬픔도 부풀었다
산그림자가 슬픔에 젖은 마을을 위로하듯
검은 손으로 쓰다듬고 있었다
밤이면 주검을 찾는 불빛들이
서편 하늘에서 폭죽처럼 터져 올랐다
차라리 빛은 어둠을 가르는 비수처럼
기다림의 정수리에 꽂혔다
앞뒤 분간이 안 되는 슬픔과 분노의 화살이
온통 세상에 소낙비처럼 쏟아졌다
박제된 목련꽃처럼
심장이 마비된 아이들이
하얗게 울었다

땅끝에서 부르는 영혼의 노래

– 김경윤론

구모룡 문학평론가

1. 슬픔의 바닥을 딛고서

어떠한 말도 군더더기가 되는 경우가 있다. "스물넷의 나이에 피안의 별이 된 아들 김한글에게 이 시집을 바친다."는 시인의 헌사를 읽고서 김경윤의 제4시집 『슬픔의 바다』을 읽고 해석하는 일이 막막해졌다. 말하기 힘든 것을 말하는 일에 다를 바 없다. 시인이 겪은 고통과 슬픔을 어떻게 이해할 수 있을까? 시인은 말한다. "슬픔의 바닥을 보지 않고는/슬픔에 대해 함부로 말하지 마라"고. "위로 받지 못할 슬픔이 있다는 것을/슬픔의 바닥에 주저앉아 울어 본 자만이 안다"고. "눈물이 밀라 돌이 될 때까지" 상실의 고통을 겪은 마음에 온전히 가닿긴 어렵다. 나눌 수 없는 고통이 있고 울음 말고 다른 표현의 방법을 찾지 못하는 상태가 있다. 하지만 죽음으로 인한 상실은 몸을 가진 인간의 조건이다. 슬픔의 바닥에서 일어나 산 사람은 살아야 한다. 시인은 자기표현과 마음의 연단을 통하여 슬픔의 늪에서 힘겹게 빠져나온다. 경건하게 애도하고 아픔을 수락하는 모습을 보인다. 이는 단지 표현에 그치지 않고 그동안 주체를 세워 온 시적 과정과 연관된다. 시인의 삶과 시적 역정은 온전히 슬픔과 고통을 껴안는 자아나 이러한 자아를 내려보는 영혼의 표정을 만나게 한다.

시집『슬픔의 바닥』을 읽기 위하여 이전의 시편들을 연결하여 읽는 우회로를 걸을 필요를 느낀다. 김경윤의 시는 고향으로의 회귀라는 사건을 통해 형성되고 진화한다. 고향과 타향, 해남과 광주, 땅끝과 무등이라는 두 가지 의미망에서 후자는 세상을 바꾸어 보겠다는 청년의 열정을 담는다. 독재와 광주항쟁을 경험하면서 외부의 이념이나 희망이 자아를 지배하던 시기다. 교육운동에 투신하면서 해직교사로 힘겹게 살아간다. 이러한 이야기들은 후일담처럼 제1시집에서 서술된다. 해남의 고교로 복직하면서 그는 시인으로서의 정체성을 얻는다. 이러한 점에서 고향 해남은 그의 시에서 매우 중요한 장소적 의미를 지닌다. 유년의 기억과 가족의 역사가 깃들고 장소의 혼이 담겨 있는 공간에서 그는 외부가 아니라 내부의 소리에 관심을 기울인다. 역사적 인물들의 발자취와 당대 시인들의 위업, 사물의 유래를 훈습薰習한다. 제2시집과 제3시집은 이러한 훈습의 시적 과정이라고 할 수 있다.

고향과 유년은 단순하게 과거로 퇴행하는 자아의 지향이 아니다. 외부의 사회적 현실 속의 자아를 비추는 거울이 된다. 이념과 사회적 운동의 현장에서 어느 정도 비켜나서 고향으로 돌아온 우연은 시인에게 축복에 가깝다. 사회적 자아가 아니라 진정한 자아를 찾는 계기가 되기 때문이다. 『아름다운 사람의 마을에 살고 싶다』(1996), 『신발의 행자』(2007), 『바람의 사원』(2015)과 같이 시집의 표제만 놓고 보더라도 그 지향과 수행을 짐작할 수 있다. 자아를 여닫으면서 산천과 사원을 오가는 순례의 행보가 시로 표현되었다. 불혹을 지나고 지천명을 거치면서 사유와 인식의 경계가 더 높아졌다. 이러한 가운데 『슬픔의 바닥』이 등장하며 읽는 이를 충격한다. 하지만 이 또한 하나의 과정임을 안다. 그동안 수련한 마음의 공력이 폐허를 이겨 새로운 꽃을 피운다. 김경윤의 시는 희망의 꽃, 자아의 꽃, 사유의 꽃, 영혼의 꽃이 피는 과정이다. 첫 시집의 표제시에서 시인은 "나도 저 눈처럼 더 낮은 곳으로 내려가/누군가의 상처난 몸을 덮어주고/그에게 향기를 주는 꽃이 될 수는 없을까"(「아름다운 사람의 마을에 살고 싶다」)라고 말한다. 「배롱나무 그늘 아래서」에서 "훼척골립毁瘠骨立의 슬픔을 피워 낸/붉은 꽃잎 같은 문신을 마음에 새기고/배롱나무 그늘에서 생의 이면을 들여다보았다"라고 진술한다. 긍정과 사랑의 꽃을 피워 온 시인이므로 슬픔의 바닥으로 침몰하는 우울한 자아 대신에 생의 이치를 품는 영혼의 길을 찾는다.

2. 땅끝의 시인

김경윤은 '땅끝 시인'이다. 그는 고향 해남에서 광주로 갔다 다시 해남으로 회귀한다. 광주는 그의 청춘과 함께한 공간이고 해남은 유년과 중장년이 깃든 장소이다. 시인으로 얼굴을 내민 해는 1989년이지만 제1시집을 1996년에 묶는다. 앞에서 말했듯이 1980년 광주를 겪었고 교사로서 해직되었다 복직한다. 제1시집 『아름다운 사람의 마을에 살고 싶다』는 해남에 있는 고등학교 교단에 재직하는 가운데 나온다. 게으른 시인이 아니라 실천 수행이 먼저였던 탓이다. 제1시집의 일부 시편이 1980년대를 지나온 신산한 삶의 기억을 어느 정도 담는 한편 대부분의 시편은 해남을 무대로 사람과 장소, 일상과 생활을 노래한다. 땅끝 시인이라는 말에 그는 잘 어울린다.

> 땅끝에는 시인이 산다. 청춘이 영원하리라 믿었던 한 세월이 가듯 하루의 석양이 사위고 황혼이 긴 자락을 드리울 무렵이면, 고운 우울을 이마에 두른 사자봉 아래서 갈매기가 슬픈 회심가를 부르고, 오랜 그리움으로 잠들지 못하는 옛 애인과도 같은 낯익은 섬들이 물빛 그리움으로 미황사의 전설을 노래하는 땅끝에는 시인이 산다. 백두대간을 휘달려온 산맥의 끝자리 땅끝에는, 천지天池의 꿈을 꾸며 천 년을 온몸으로 노래하는, 평등한 수평선 너머 자유를 향해 비상하는 갈매기의 꿈에 젖은 시인이 산다.
>
> ─「땅끝 통신」,『아름다운 사람의 마을에서 살고 싶다』부분

시인은 이처럼 자신의 위치를 분명하게 말한다. 땅끝은 뭍의 끝이라는 의미만 지니지 않는다. 이야기를 담은 많은 사물을 품고 있고 멀리 백두산 천지天池에 닿은 기맥이 흐르고 수평선 너머 바다를 향하여 열려 있다. 자기가 선 자리에서 삶을 이해하고 세상을 아는 일이 중요하다. 타

자나 다른 지역의 시선으로 자기를 볼 이유가 없다. 시인은 이러한 삶의 한 전범으로 「공재 화첩」 연작이 말하듯이 공재 윤두서를 든다. 주변이 중심이 되는 시적 역설이 가능하다. 가장 작고 여린 것들을 통하여 신을 알 수 있듯이 살아 있는 사물들이 삶을 깨우치게 한다. 장소는 사유하는 이의 마음에서 태어나고 자란다. 시인은 땅끝이라는 경계에서 희망을 찾고 생의 의미를 더하며 새로운 사랑을 발명한다. 이는 「그대 땅끝에 오시려거든」(『신발의 행자』)과 「나는 땅끝 시인」(『바람의 사원』)을 거쳐서 「땅끝을 거닐다」에 이르는 시적 과정을 통하여 잘 알 수 있다. 앞서 인용한 「땅끝 통신」이 시인 자신의 위치를 말한다면 「그대 땅끝에 오시려거든」은 땅끝의 의미를 제시한다. 외부를 다 털어 내고 내면과 만나는 곳이 땅끝이다. 허영과 허명이 아니라 오직 존재의 내적 가치를 통해 사물과 교응하는 자리이다. 이러한 자리에 터한 시인은 "천 리나 먼 곳/서울의 불빛 그리워한 적 없는" "땅끝 시인"으로 "눈보라치는 변방에서/마늘씨 같은 희망의 노래를"(「나는 땅끝 시인」) 부른다.

　　북적대던 사람들 다 떠나가 버린/바닷가엔 게 발자국만 어지럽다/지난여름 이글거리던 햇볕 아래서/푸른 갈

기를 세우고 온몸으로 달려들던/달려들다 부서지며 포효
하던 그 파도들/이제는 순한 짐승처럼 발치에 누웠다/생
각하면 내 살아온 날들도 게걸음 같은 것을,/거품 물고
끌고 온 내 안의 길들/벼랑 앞에서 더는 나아가지 못한
다/저물도록 육자배기가락으로 우는 파도에 기대어/홀로
거니는 발아래 몽돌들만 자글자글 울고/먼 물마루엔 붉
은 노을이 색 바랜 깃발처럼/파도 위에 펄럭이고 있다

- 「땅끝을 거닐다」 전문

땅끝에서 시인은 자아를 여닫는 과정을 거듭한다. 어떤
계기는 자부와 위엄을 주지만 또 다른 계기는 반성과 회
한을 가져다준다. 늘 유동하는 자아는 상황의 구성물이
다. 사회적 자아들을 걷어 내고 진정한 자아를 찾아가는
시적 경로가 순탄하지 않다. 그동안의 도정을 무로 돌리
는 일이나 사건을 경험할 수도 있다. 제4시집『슬픔의 바
닥』에 이르러 「땅끝을 거닐다」가 진술하듯이 시인은 "생각
하면 내 살아온 날들도 게걸음 같은 것"이라고 생각한다.
"거품 물고 끌고 온 내 안의 길들"이 더 나아가지 못하는
"벼랑"에 봉착한다. 하지만 이 또한 회복할 수 없는 절망
의 늪이 되진 못한다. 땅끝은 시인의 유년이 있고 가족과
그 역사가 있으며 사물의 유래와 친숙한 관계를 품은 장

소이다. 위태로운 마음의 폐허조차 회생의 맹아를 잃지 않는다. 「그리운 애월」에서 시인은 애월과 땅끝의 친연성을 생각한 듯하다. "바람 찬 애월의 언덕 위에는/보이지 않는 부처처럼 맑은 것이/짠하게 우리를 내려다보고" 있다. 땅끝도 이같이 유년부터 발현하는 어떤 빛들이 존재를 끊임없이 반성하게 한다. 그 순수함으로 자기애를 이기고 세계를 견디는 버팀목이 된다.

3. 삶의 고통과 희망

시인은 기쁨보다 슬픔에 유난한 사람이다. 서정의 바탕은 근본적으로 유한한 존재의 비애로부터 형성되지만, 상처와 고통에서 비롯한 슬픔은 서정시인을 떠나지 않는다. 김경윤의 시인됨도 슬픔과 연관한다. 슬픔은 크고 작은 인간사의 고난에 유래하기도 하고 작고 여린 생명에 대한 섬세하고 예민한 감각에서 싹트기도 한다. 시인은 일찍부터 슬픔의 감정을 표현하거나 사물에 대한 민활한 지각을 이미지로 그리려 한다. 후자는 「소한」과 「세한도」(『아름다운 사람의 마을에 살고 싶다』)와 같이 정갈한 회화적 이미지의 풍경화로 나타난다. 이러한 작품들은 시인의 시작 전체를 두고 볼 때「소와 달 – 이종구 화백의 '월출'에 부쳐」와 같이 거의 예외에 가깝다. 물론 이 시가 포착하고 있는 "바람의 무늬"는 꽃보다 바람의 이미지에 경도되고 있는 최근의 시적 경향과 연관된다. 여하튼 시인의 시법은 표현이 주류이다. 표현은 내부의 감정과 느낌을 외부로 표출하거나 외부와 연결한다. 시인은 표현을 통하여 마음이 가는 바를 성실하게 나타내고 그 지향을 확장한다. 표현은 미적효과보다 주체의 정직성과 수행성을 강조한다. 시와 시인이 하나의 연속성 속에 있으므로 시적 표현을 통해 시인의 인식과 의식의 변화를 따라서 이해할 수 있다.

거듭 말하지만 제4시집『슬픔의 바다』은 이전의 시편들이 지닌 연속성에 큰 단절을 내고 있다. 제1시집의「그리움」과「무등 아래서 보낸 한 철」이 말하듯이 "피맺힌 가슴으로 노래하던 시절"을 뒤로하고서 죄의식과 부끄러움을 가슴에 묻고 땅끝으로 든 시인에게 "슬픔의 바다"이 충격한다. 거슬러 오르던 "황홀한 맹목의 시간"(「새떼에 홀리다」,『신발의 행자』)을 새로운 생성의 시간으로 바꾸고 "내 안의 상처가 풀어 놓은 저녁 종소리 먼 하늘에 별꽃으로"(「저녁 종소리」,『바람의 사원』) 피어나 "침묵보다 더 아름다운 말", "침묵보다 더 아름다운 노래"를 꿈꾸는 시인은, "기도는 하늘에 있지 않고/내 안에서 터져 나오는 울음"(『슬픔의 바다』)이 되는 극한 절망의 상황에 봉착한다. 무등에서 땅끝으로 이동하면서 시인이 힘겹게 이룬 존재의 전환이 한꺼번에 해체되는 국면이다.

　무등을 두고 땅끝으로 돌아온 시인은 줄곧 마음의 문제를 화두로 삼았다. 제2시집 『신발의 행자』와 제3시집 『바람의 사원』에 실려 있는 시편들이 이를 반증한다. 가령 제2시집의 표제를 제공한 「신발에 대한 경배」는 "세상의 낮고 누추한 바닥을 오체투지로 걸어온/저 신발들의 행장을 생각하며, 나는/촛불도 향도 없는 신발의 제단 앞에서/아침저녁으로 신발에게 경배한다"고 진술한다. 낮은 데로 초월하려는 시인의 의지가 뚜렷하다. 달마산에 있는 미황사를 자주 찾는 까닭도 무명無明의 마음을 헤아리기 위함이다. '미황사 시편' 연작은 내부의 상처와 어둠을 풀어놓고 마음을 밝히기 위한 노력이다. 무등에서의 자아가 외부의 이상과 이념에 이끌렸다면, 땅끝에서의 자는 존재의 내부를 들여다본다. 해인을 찾고 달마를 만나려 한다. 「달마에게 가는 길」과 같은 은유가 가능하다. 산을 오르고 의미 있는 장소를 찾으면서 마음의 궁극을 묻는다. "동아줄에 묶여 뒤척이는 거룻배 같고 그물망에 갇힌 물고기 같은 생의 바다에서 해인海印으로 가는 길을 묻는다"(「어불도於佛島에서 길을 묻다」). 이처럼 행자가 되어

사원을 찾아 순례하던 시인에게 존재를 뒤흔드는 청천벽
력같은 일이 닥친다. "다시는 입속에 담고 싶지 않은 세
상에서 가장 슬픈 말"(「참척이라는 말」)과 마주한다. 슬픔
과 연민의 시인이지만 또다시 새로운 슬픔을 통과해야 하
는 고난에 직면한다. 예기치 못한 아들의 죽음이라는 비
극에 시인은 "침묵의 돌을 등에 지고 걷는 생사의 순례길
에서/슬픔의 바닥을 치고 일어나" "오늘도 오체투지로 생
의 길을 걷는다/차마고도를 기어가던 수행자처럼"(「슬픔
의 바닥」).

빈산에 마른 나뭇잎들 소소히 우는 가을날/미황사 부
도밭 소나무 아래/한 줌 재가 된 너를 묻고 돌아왔다/수
의도 국화꽃 한 송이도 없이/관세음보살 목탁 소리가 구
슬픈 오후/저만치 단풍나무도 붉은 잎을 떨구었다/이십
삼 년 구 개월 황금 같은 시간들이/한순간에 바늘 뭉치
가 되어 가슴에 박혔다/차마 말이 되지 못한 슬픔은 송
곳처럼/명치끝에 아! 탄식으로 터지고/나는 너를 소나무
아래 묻고 돌아왔다/동백나무 잎사귀에 글썽이는 햇살/
검은 면사포 같은 소나무 그림자만/빈 등에 지고 돌아온
그 밤/무명無明의 빈방에 홀로 앉아/육신은 마음의 그림
자일 뿐이라는/선사禪師의 말을 믿기로 했다/사는 동안

니의 마음과 너의 눈으로/쑥부쟁이 연보라 입술을 생각
하고/저무는 노을을 보리라 맹세했다

-「소나무 아래 너를 묻고」 전문

제3시집 『바람의 사원』에서 「미황사 시편」 연작은 진정
한 자아를 찾아가는 순례의 가장 중요한 자리를 차지한
다. "내 안의 상처가 풀어 놓은 저녁 종소리 먼 하늘에 별
꽃으로"(「저녁 종소리 - 미황사 시편2」) 피어나는 장소이
다. 여기에 "한 줌 재가 된 너를" 묻음으로써 시인은 애
도의 고통을 극복하는 계기를 구한다. "육신은 마음의 그
림자일 뿐이라는/선사의 말"이 무슨 소용에 닿을까? 시
인은 "번개 삼킨 소나무"(「불을 삼킨 나무처럼 나는 울었
다」)와 같이 "허무의 포승줄에 묶인 슬픔의 수인"이거나
"우울의 오랏줄에 묶인 자책의 포로"(「가을 하늘을 건너
는 기러기같이」)가 아닌가? 「침묵의 탑」은 아들을 묻은 부
부의 극한 심경을 진술한다. "그리운 이름 부르다 지친
아내는/저물 무렵 빈 등에 돌을 메고 돌아왔다/아내가 방
안에 부려 놓은 돌들은/날이 갈수록 쌓이고 쌓여/이제는
침묵의 탑이 되었다/바늘 뭉치 같은 시간이 흐르는 밤마
다/나는 그 탑 아래서 묵언 정진 중이다". 이처럼 뒤집힌
시간을 시인이 어떻게 극복하였는가를 구체적으로 알긴

어렵다. 다만 「마지막 인사」, 「맨발의 시간」, 「어느 가을 미황사 부도암에 들어」와 같은 시편을 통하여 "진흙 터널 같은 생을" 건너온 과정과 만난다.

4. 영혼의 슬픔

'아직은 아니다'라고 희망을 앞세우던 시절을 지나서 시인은 "세상에 살았지만 늘 세상 밖 사람"(「버드나무 아래 흰 말을 묶어 두고 - 공재 화첩 5」)이었던 공재를 표상으로 삼아 고독한 시인의 길을 갈구한다. 이는 "슬픔도 눈물도 불꽃 같던 마음도 다 내려놓고"(「바람의 속삭임」) "진불眞佛에 이르는 길"을 찾는 정진의 과정에 다를 바 없다. 존재의 꽃보다 영혼의 바람에 더 민활하다. 시인은 "달마와 보낸 이 한철 달마는 보지도 못하고 그저 산문 밖 사람의 마을에서 아슴아슴 피어오르는 저녁연기 속으로 아련히 번지는 연꽃 같은 붉은 노을 자락에 마음만 더욱 붉었습니다"(「달마에 눕다」)라고 나직한 목소리로 말한다. 자아의 텅 빈 중심에 영혼이 깃드는 형국인가? 달마는 미황사를 품은 산이다. 고백적인 화자이므로 시 속의 주인공을 시인이라고 말해도 틀림이 없다. 그러므로 시인

126

의 경험적 자아는 더 높은 차원으로 나아가고 있다. 그것을 일러 영혼의 삶이라 하겠다.

산이 저 홀로 붉어지는 가을이면/일상의 구두를 벗고 산문에 들어/달마산 옛길을 걷는다/달마산 옛길은 소가 걷던 길/소를 찾아가는 그 길은/발이 아니라 마음의 길/나는 마음의 순례자가 되어/떡갈나무 잎새에 이는 바람처럼/가을 하늘 건너가는 흰 구름처럼/산문 밖 풍문들은 죄다 산 아래 두고/달마산 옛길을 걷는다/물푸레 구절초 쑥부쟁이 함께 걷는/그 길 어디에도 소 발자국은 보이지 않고/다만 내 불우不遇를 다독이는 묵언의 길/한나절 산행길은 관음의 손바닥이어라!

– 「달마고도 – 소를 찾아가는 길」

자아의 삶은 여전히 불우에 얽매인다. 하지만 이를 다독이고 이겨 내려는 정진의 과정에 있다. 이를 바라보는 관음의 입장은 어떨까? 슬프지 않겠는가? "자아의 삶은 영혼에게 슬픔을 가져다준다."(이종영, 『영혼의 슬픔』). 시인은 인용한 시가 말하듯이 자아를 더 높은 차원에서 비춘다. 이는 자아가 보인 연민과 동정과 다르다. 가령 "깨달아야 넘을 수 있는 고개라는 말인지/깨달음을 찾아

넘는 고개라는 것인지/오고 가는 이도 없는 그 고개를 넘다/깨달음보다 먼저 들꽃에 취해/나는 길을 잃었다"(「오도재에서 길을 잃다」)라고 말한다. 깨달음 앞에서 길을 잃는 '나'를 다른 '나'가 바라보고 있다. "발길보다 먼저 허둥대는 맹목"(「달마고도 – 불썬봉에 올라」)을 슬픔의 눈길로 바라본다. "내 살아온 날들이/겨울 강을 달리는 개 같은 삶이라니!"(「그 겨울 톨강에서 – 몽골시편 5」)라고 말하는 「몽골 시편」 연작도 영혼의 슬픔과 무연하지 않다. 시인의 감수성 안에 꽃의 자리보다 바람의 상상력이 빈번하다. 꽃피는 자아에서 방랑하는 영혼으로 시적 지향이 이동하고 있다. 물론 "내 마음의 폐허에 누워 있는/젊은 날의 꿈과 사랑의 그림자"(「금강산성에서」)가 사라졌다는 말이 아니다. 이보다 슬픔과 고통을 품으면서 더 큰 역설을 얻고 있다는 뜻이다.

사람이 죽으면 별이 된다고 한다/그러나 나는 죽어서 별이 되지 않을 거야/그저 바람이 되어/숲과 어린나무와 눈 맑은 새들의 동무가 되어/꽃의 홀씨를 배달하는 대지의 방랑자가 되어/저문 들길을 돌아오는 땅의 사람들/굽은 등이나 다독이는/바람의 노래가 될 거야

— 「바람의 노래가 되어」 전문